KB201846

연을 심다

황금알 시인선 307

연을 심다

초판발행일 | 2024년 12월 27일

지은이 | 우정연
펴낸곳 | 도서출판 황금알
펴낸이 | 金永馥
주간 | 김영탁
편집실장 | 조경숙
표지디자인 | 칼라박스
주소 | 03088 서울시 종로구 이화장2길 29-3, 104호(동숭동)
전화 | 02)2275-9171
팩스 | 02)2275-9172
이메일 | tibet21@hanmail.net
홈페이지 | http://goldegg21.com
출판등록 | 2003년 03월 26일(제300-2003-230호)

*이 책은 전남문화재단에서 출판비 일부를 지원받았습니다.

연을 심다

우정연 시집

황금알

때론 울음을 건너듯

말을 지켜야 할 때가 있다

긴 겨울 입을 다물어

그 견딤 연초록빛 눈으로 온다

시멘트 바닥에서도 씨앗이었던 그들

오래 물기 젖어 촉촉하니

외길로 걸어온 삶의 출구다

거친 바람도 기다림의 다른 몸짓이라

결코, 흔들거리지 않았다

2024년 겨울 延迂亭에서

禹政延 合掌

차 례

1부

2부

3부

4부

1부

가을 문턱

긴 장마에 웃자란 텃밭의 풀들, 꽃대 올린 부추보다 키를 세웠다. 높아진 하늘 뭉텅뭉텅한 구름, 산 아래 허리 구부려 누운 햇볕, 돌담 아래 서 있는 파초가 거느린 식솔들, 자라나는 움직임의 속도에 눈 밑이 촉촉해진다.

새벽 산책길 무인카페 백열등 불빛이 사람 사는 마을 같아 뭉클하다. 베란다 창 서늘한 공기 틈새로 스멀스멀 기울어지던 오후, 기척 없이 잘 살던 죽마고우가 먼 곳으로 이사 갔다고 카톡이 셀프로 소식 알린다. 기다려 주지 않는 것이 하나씩 생겨난다.

버려야 할 물건은 없는지, 미뤄두었던 말 더 늦지 않도록, 몸과 마음 탈탈 털어 빨랫줄에 널자 하룻볕도 내려와 간짓대를 높이 세워 놓는다. 툭툭 스러지는 쪽으로 한사코 기울어지는 단풍의 시간이면 분주해지는 것이 마음뿐이 아니다.

고생이라는 말

내 안에 물기가 말라 마른 무청처럼 서걱거린다.

그럴 땐 생의 바닥을 견디기 위한 몸짓, 시래깃국을 끓인다.

뭉근하게 끓인 된장 국물 속, 보드라워진 시래기 건더기를
건져 먹고 따뜻한 국물을 훌훌 들이켠다.

드러냄보다 묻어두고 싶었던 침묵의 무게
웅크리던 어깨와 기울어진 무릎의 행보, 조금도 부끄럽지 않다.

고생이라는 말과 행복이라는 말
뿌리에서부터 혈육이었던 걸 비로소 알 수가 있다.

괜찮다

비바람
내 눈에 놀다 간 후
내 얼굴 맑아졌다

눈보라
내 마음 마실 다녀간 후
내 가슴 따뜻해졌다

괜찮다,
작설차 한잔 마주하니
이제는 세상만사 모두 괜찮다.

길고양이 놀기 좋은 오후

누렇고 희뿌연 털의 길고양이가
아파트 주차장에 앉아 나른한 듯 연신
발바닥을 핥는다.

축축하게 달리는 걸음 속에 날렵함이
따라붙는다. 오랜 가뭄 끝에 느끼는 허기보다
번뜩이는 눈빛이 앞서간다.

내리는 빗물에 혀를 적시고
물 고인 시멘트 바닥에 몸을 구르자 주림이
흥건하게 떨어진다.

최후의 만찬을 맞이한 것처럼
느리게 아주 느리게
궁기와 갈증 사이에 느껴보는 여유, 길고양이
놀기 좋은 가랑비의 오후

기울어진다는 것

하나를 버렸다, 하나를 버리고 하나를 버리자 잠시
가벼워졌다.

배경을 버리고 단순함을 얻었는데 지지대를 잃어버린
듯
사방이 허전하다.

마당에 외대로 오르는 맨드라미가 잘 자라도록 주변
잡초를
모조리 뽑아주었다.

홀로선 맨드라미가 바람에 휘청거리고 주변이 가벼워진
나도 휘청거린다.

젖어있던 믿음들이 말라가고 있기 때문이다.

처음부터 축을 잡고 짱짱하게 서 있다는 것은 쓴맛 없는
봄처럼 밍밍하다.

기울어지고 흔들거리고 버리기도 하는 소소한 갈등이
심지를 굳고 단단하게 한다.

중심축이 흔들리며 기울어지는 건 스스로 서기 위한
눈물,
젖어있는 아우성이다.

꿈틀꿈틀, 꿈을 틀다

나의 고향은 어둠의 통로, 보드라운 살점을 가진 나의
종교는
　땅의 힘을 숭배하는 것

　움찔거리며 아래로 파고들다가, 잠드는 것이 살아가는
일이라면
　나의 삶은 늘, 견디며 기다리는 오체투지의 연속

　햇살에 울음이 마르다가, 비 오는 날 발랄한 걸음은
　일거수일투족이 살아있다는 온전한 자유로움

　등에 짊어진 우주의 무게 버거워, 춤추는 그대 호미
만나는 순간
　팽팽하게 움츠리다 온몸 비틀며, 그만 멈춰요!

　대지는 거룩하고 고귀한 터전, 행여 나에게서 어둠을
빼앗지 말아요
　이래 봬도 나는 흙[土] 속의 용龍이니까요

흙에서 숨 쉬며 흙을 떠날 수 없는, 나에게도 꿈은 있
어요

자나 깨나 승천昇天하고 싶은 나의 꿈, 들어볼래요

등짐

그물망처럼 얽혀 똬리를 튼 등짐, 벗어버리고
싶다 생각 한번 못하고 무게
느껴볼 겨를 없이 민달팽이처럼 걸었다

누르던 한 짐 한 짐 쌓일 때마다
가다 멈추고 가다 쉬어도, 굴곡진 길의 끝 멀기만 하다
뒷걸음질은 없다 앞만 보고 걸어야 한다

걷다 보면 어둑한 하늘이 맑아지는데 순간
등이 얇아지는 때가 있다 가벼움으로
황망히 서서 되돌아보는데 등짐이 저만큼 멀리
빠른 걸음으로 앞장서 걸어간다

빠른 보폭과 느린 보폭의 간격 점점 멀어지고
어느 사이, 등짐 위에 공처럼 구부린 내가 얹혀있다

불가근불가원不可近不可遠

그대와 나, 우리 사이
얼마만큼 다가가야 하나요

한 걸음 물러서면
한 걸음 다가가는 못 놓을 사이

바라만 보아도 눈에 담긴 사랑의 무한함
멀어질수록 더욱 그립다.

그대와 나, 우리 사이
아슬한 눈빛, 간절함뿐이다.

먹심

왼손 가운뎃손가락을
현관문에 끼워놓고 문을 쾅 닫았다 번갯불이 수십 개
이내 눈물이 핑그르르 돈다.

한참을 생각 없이 헐떡거렸는데
팍 터지지도 않고 끝없이 솟아오르는 저 화를
어찌 다스릴 것인가.

혹독한 알약의 협박에 수그러드는 척
응어리 맺힌 손가락이 고갤 숙이는 대신 손톱에
시커먼 먹심, 하나 키우는 중이다.

점점 자라나는 저 검은 심사心思
보름달에 차오르는 달덩이처럼 둥그렇게 배가 부르다.

층층시하 시집살이하던 울 엄니
가슴 속에도
먹심처럼 깊은 응어리 차곡차곡 쌓였을 것이다.

손가락에 뜬 달, 하현달처럼 기울어질 줄
알았을 테지만 울 엄니 가슴에 퐈리 튼 검은 달
쭈그러질 줄 알았을까.

고르는 일이란

마침내 그녀는
마네킹이 흐물흐물 벗어놓은 허물이
딱 좋다 하였고 나는 농담 마시라고 우물거렸다.

읍내 장에 가신 할머니를 기다리는 낮잠 속으로
성큼 걸어갔다.
사립문 차르륵 하는 소리에 맨발이 바퀴를 달았다.

할머니가 난전에서 잘 골라 둘둘 말린 신문지에서
꺼내주시는 검정 나룻배
두 척 다 한사코 왼쪽으로만 가려고 한다.

여학교 때도 그랬다.
란제리 가게의 하얀 찐빵 같은 쌍안경은 바라만 봐도
낯빛이 분홍으로 번졌다.

익숙한 결정이 부르는 실패는 늘
실과 실패처럼 찰싹 붙어 다닌다. 잘 골라야 할 것들은
복병처럼 처처에 도사리고 산다.

오후, 푸른 날개 돋다

한 생을 사박사박 걸어가는 일은 소우주의 시간, 그것은 가을 단풍처럼 생이 깊어가는 것이라 여겼다 익는다는 것은 오랜 시간 숙성되어야 할 무진장한 분량, 순간을 온전하게 가져보지 못하고 빠르게 스쳐버린 시간 때문에 곰실곰실 잘 익어야 할 이유는 없다 십 년을 일 년처럼 빠르게 살았던 나는 일 년만큼의 주름을 가졌고, 무성한 푸르름은 덤이다 오후의 푸른 들판, 깊고 청명한 초록이 드넓게 펼쳐져 있다 나는 그 중심에서 바닥을 딛고 단단히 서 있다

입학다완 立鶴茶盌

옛것을 좋아하는 지인의 가죽나무 선반
백토를 입혀 만든 덤벙기법 다완, 가지런하다.

입학다완 立鶴茶盌에 말차를 마십시다.
차를 준비하는 팽주의 손놀림 팽이처럼 휘몰아친다.
혀끝에 구르던 알싸한, 한 모금의 차

길게 서 있던 다완이 학을 꼬옥 품어준다.
꼿꼿이 서 있던 학은 날아갈 듯 꼬리깃 한껏 세우며
사르르 눈을 내리뜬다.

어깨를 들썩거리던 학이 큰 날개를 저어
주위를 한 바퀴 돈 후, 다완 밖으로 사뿐히 발을 내디
딘다.

학의 춤사위 따라 온몸이 들썩거린 나는
엉거주춤 일어나 학을 따라 덩실덩실 춤추며 돈다.

학이 사박사박 다완 밖으로 걸어 나오자

찻잔에 담긴 찻물이 춤사위 따라 곡선을 그리고

방안에 갇혀 팽팽하던 차향, 문틈 사이로 번져 나간
다.

그대가 주인
― 수처작주隨處作主

손톱만 한 꽃잎
한 장도 누울 자리를 보고 앉는다

세상이 분홍으로 만개하는 날
분홍과 하양 중간쯤의 나비 떼가 한나절
봄비로 쉴 자리를 찾아간다

물방울 머금은 바람으로 와
고개 한번 숨 한번 내 쉴 수 있는 곳
그런 곳이라면 어디라도 괜찮아

하늘이 땅이 보이는 차창 유리쯤 내리고 싶어
흔들리는 사이로 분홍을 나누고
눈물처럼 흘러가겠지만

봄비 오는 날은 꽃잎 한 장도
머무르는 곳마다 주인이 되고 싶다

조혼 早婚

열여덟 살에 시집온 영화 씨가
철쭉 어린 가지를 잘라 부드러운 흙에 살며시
꽂아 두고 조석으로 들여다보며 물을 준다.

그녀는 살기 위해 철쭉에 물을 주고
철쭉은 살기 위해 철쭉으로 자라난다.

땡볕과 동장군이 세 번씩 다녀가자
살굿빛 뽀얀 낯으로 튼실한 꽃망울 머금었다.
키가 40센티쯤 자랐으니 시집보낼 때가 된 것이다.

초경처럼 붉은 영산홍 한 송이 벙글어지던 날
흙 한 줌 분을 떠서 따뜻한 옷을 입혔다.
한 아이당 몸값이 700원이다.

 고개 푹 숙이고 따라가는 아프간 아홉 살 소녀 파르와
나처럼
 선홍빛 눈물이 뚝뚝 떨어진다.
 그녀 눈에도 핏빛 눈물이 어룽댄다.

토굴土窟

두더지 집처럼 땅속에 파묻혀야 토굴이더냐
제비 둥지처럼 얼기설기 얽혀져야 토굴이더냐

여기도 토굴, 저기도 토굴, 초가도 토굴, 조립식도 토굴
아파트까지 토굴이 되어 버렸다

상처가 두터울수록 토굴은 깊어지고
드러난 것이 많을수록 숨기고 싶은 세상

숨어서, 허물 벗은 속살의 어여쁜 배암처럼 똬리 틀고 앉아
가을 햇볕이나 쬐고 싶다

사람들은 저마다 가슴 속에 토굴 하나씩 키우고 있다
내 부끄러운 맨살도 꼭꼭 숨겨주는 토굴
토굴 세상, 토굴 만세다

풀꽃 의미

화단에는 여러 가지 화초가 있다
남천, 홍가시, 맨드라미, 나팔꽃
철 바꿔가며 꽃을 피우고 있다

그들은 시간의 수레바퀴 구르는 대로
푸른 잎 푸르게, 붉은 잎 더욱 붉게
물 흐르는 듯 살아간다

산다는 것은
때론 지난한 비바람일 때 있다
비바람 뒤에는
흔적 없이 사라져버린 것들에 대한
보상처럼 맑은 날이 따라왔다

긴 여름 내내, 쉼 없이 노란 꽃 피우던 애기똥풀꽃처럼

살아가는 일,
거창하게 뭐가 되려고 할 필요가 없다

평상심, 건져 올리다

하늘과 달이 기대어 서 있는 섬
그곳에서 잃어버린 나를 만나기로 한다

여자만 앞바다가 이어진 그 끝에서 바라본
바다는 은색 비단 자락이 접혔다 펴지는 나비 날갯짓
으로
비백飛白의 한풀이 군무이다

그 옛날 50년대 순천 물난리 때
소, 돼지, 된장 항아리, 여물통, 둥둥 떠내려와
많이도 떠다녔다는 바다

떠다니는 영혼이 뒤섞여 울부짖으며 으르렁거리더니
청보리밭 고운 너울처럼 조곤조곤하다

흔들거리던 숨소리 스며드는 갯바람에 차분해지고
섬달천*도 시간을 내려놓은 채 심호흡 중이다

나는 울룩불룩한 심사 하나

여자만 바다 한가운데 묻어두고 잔잔한
파도를 타고 돌아온다

* 여자만에 있는 섬.

한여름 낮의 피서록

무더운 날, 움막 같은 시골집에서 한 달 살기다
더위는 바깥 대신 방안에서 빙빙 돌고 있고
휘청 늘어진 팽나무 그늘이 무색하도록 태양은 부글거
린다

꾸무룩한 구름이 산자락 위에서 덤벙거리면
저 구름 속에 비가 숨어있을 것 같은 기대가 들어
빨랫줄을 세워 놓은 바지랑대를 내리고 서답을 걷어놓
았다
비는 오지 않았다

전정 가위를 들고 뜰앞 화단으로 나간다
태양의 중심을 작신 베어버리고 싶지만,
태양을 닮은 루드베키아 꽃대를 살포시 자른다
백일홍과 이제 막 피기 시작하는 맨드라미 두어 송이
얹는다
은목서 잎까지 조심스레
하얀 화병에 꽂아 테이블 위에 두고 본다

햇살에 간혀있던 꽃들이
반 고흐가 임파스토*로 그려낸 해바라기꽃처럼 출렁
거린다

종일 부글거리던 가슴이 태양을 보며
오늘 하루, 너는 또 얼마나 뜨거웠을까 위로하는 한여
름
한낮의 호사스러운 피서법이다

* 질감과 깊이를 만들기 위해 물감을 두껍고 겹겹이 칠하는 기법.

2부

그리움은 땅을 뚫는다

서로 그리워하지만
끝내 만나지 못한다는 한 몸의 꽃과 잎

꽃무릇 몇 촉
담장 아래 묻고 꽃 피울 날을 기다린다

첫해에 다문다문 오르던 꽃대가
다음 해에는 수북하니 오른다

해가 지날수록 땅은 어머니 젖줄처럼 아늑해지고
그 끈끈함은 꽃대로 드러난다

하늘과 바람과 햇살의 수레바퀴를 타고 와
갸웃갸웃 붉게 물드는 꽃대

혈육을 향한 그리움은
땅속 아늑함보다 강하고 위대하다

태어나기로 약속되어있는 숨은 의지
여린 속살, 지축을 흔든다

네 잎 클로버

사립문 주변에
잡초가 파도처럼 웅크리고 산다.
키 큰 그들을 삽으로 뒤집어 묻어버리자
노란 양지꽃과 클로버가 오종종하니
물장구를 친다.

얼마나 시간이 지났을까.
클로버가 양지꽃을 눌러 버린다.
총 총 오르는 꽃대 아래
네 잎 클로버 한 잎 반짝,

꽃이 어둠 속에서 피어나듯이
소중함은 늘 이렇게 낮은 곳에 숨어
눈 밝은 이를 기다린다.

어느 날 문득,
흔들거리며 세상의 파도에 시달리다가
살포시 누군가의 마음을 사로잡는 풀꽃
그야말로 행운이다.

나무 화석

깎아지른 산자락에 겹겹이 굳어버린 생
어느 세상을 건너와 여기 머무시는지 차마 물을 수가
없다.
그 앞에서, 눈 지그시 감아 본다.

처음 화산이 폭발하던 날
나무는 나무를 꼭 껴안고 출렁거리는 황금물결
속에서 암갈색 별빛으로 울었다.

드세던 혼란을 견뎌낸 묵직한 살점
깊이를 알 수 없는 수렁 같은 잠

켜켜이 갇혀있던 빛이 맨살에서 튀어나온다.

나는 떨어진 살점을 끌어당겨
가슴 위로 올려 귀를 열고 눈을 지그시 마주 본다.

온몸을 불사르고 박제로 서 있는 그에게서
쿵쾅거리는 숨소리가 들린다.

눈빛은 나무무늬 결 따라 흔들리고
심장은 푸른 바다 되어 내 안에서 일렁거린다.

나무 화석이
나무를 기억하는 일은 이전 생을 기억하는 일
내 심장의 흔들리는 생과 묵직한 그의 생, 서로
묻지 않아도 눈시울 불그죽죽해진다.

녹아내린다

사나흘 장대비가 쏟아진다
축대가 내려앉을까, 산이 흘러내릴까,

텃밭에 와글와글 피어오르던
연초록 상추의 온몸에 푸릇한 피멍이 들었다

후두두 떨어지는 비의 무게 겹겹이 쌓여 누르니
더는 감당할 수 없어 고개를 숙인다

연한 살점에 멍 자국이 점점
번지고, 번지는 만큼 조금씩 생을 포기한다

언젠가 눈물이
장대비처럼 흐르던 백일 간 나도 그만 눈
꾹 감아버리고 싶은 순간 있었다

빗속에 텃밭의 상추가 운다
마침내 흐물흐물 녹아 몸을 낮춘다

팽팽하니 접혀있던 숨은 주름들 벌어지면서
고요한 중심으로 스며든다.

누운주름꽃

반갑습니다

어둠을 의지 삼아 건너온 삼동三冬이 모질기도 하여
그대 눈가에 주름이 새롬새롬 매달렸군요

겨우내 견뎌온 적막의 시간 어디로 숨었을까요

가닥가닥 접혀 올곧고 가녀린 주름, 묻혀 살아온
암울함도 모이면 새초롬한 꽃으로 피어나는군요

반갑습니다

가슴에 세월 주름 자글자글한 나도
겨울 한 철
땅속에 묻혔다가 봄꽃으로 피어나고 싶습니다

대숲의 시간

뒷산 대숲 마디마디에 숲의 내력 꼭꼭 숨어있다.

마디 집 안에는
검은등뻐꾸기 애절한 울음, 절절하게 들어있고
빗물에 젖어 흔들리던 바람, 고요하게 누워있고
해와 달이 피고 지는 사이로 태어난 수많은 속내
칸 칸마다 침묵처럼 봉인되어 있다.

그러는 사이
무구한 시간이 산허리에서 흩어지고 모이는 구름 흐르듯
숲과 함께 늙어 갔다.

모란이 피고 지는 사이

꽃밭에 자갈 고르고 흙을 북돋는다
사이사이 이랑 만들어
모란 몇 촉, 사이 좋을 간격으로 자리 잡아 주었다

물 머금은 꽃봉오리 봉긋하더니
겹으로 핀 꽃술 살몃살몃 속마음 흔들어낸다

모란은
사시巳時가 지나면 기울어 더는 꽃이 아니라지만
꽃잎의 짧은 날들 아쉬워하지도 조바심내지도 않는다
그저 혼신으로 피어나고 있을 뿐

모란이 까치발로 다가와
피고 지기까지 단 며칠
뼈마디로 버티며 지나온 습습한 겨울 향, 빛은 구른다

모란이 피고 지는 눈물의 시간
별똥별 떨어지고 소우주 하나 생겨나는,
차마 어쩌지 못하는 사이

목화꽃 벙그는 밤

납월 그믐밤 희끄무레한 하늘

하늘의 이 끝에서 저 끝까지
눈부신 별꽃이 피어나듯
집 뜨락에도 목화꽃이 사르륵 몰려와
싸락눈 흩날리듯 훌훌 떠다닌다.

별빛 받아 살 오른
하얀 꽃들이 몽글하게 부풀어 오른다.

목화 한 송이, 목화 두 송이, 목화 세 송이

꽃망울이 톡톡 벙글 때마다
하얀 목화 꽃등 하나씩 매단 마음 밭의 무명화들

어두운 밤이 대낮처럼 환하다.

뭇 꽃보다 그대

앞마당엔 무수한 화초들이 철 따라 피고 진다

작은 망초꽃 한 촉, 소담한 쑥부쟁이 한 송이라도
고맙지 않은 것은 없지만

사시사철 피고 지는 뭇 꽃보다 더 든든한 건
뒷산 비탈진 곳에 피어 있는 늙은 소나무다

등이 굽고 이리저리 휘어진 몸, 잔설에
허리 휘청거려도, 새벽안개 어스름 뜬눈으로 지새우며

얼굴을 드러내지 않고 꿋꿋하니 버티어
바람막이가 돼 준 어버이처럼 꾸부정함도 떳떳하다

구부려져 오르는 것은 생의 역사가
피어오르는 것이다
무언가가 되기 위한 무언無言의 몸짓이다

본색을 드러내다

꽃동네에
호박씨 하나 굴러와 꽃자리 넘본다.

예쁜 꽃들, 얼굴 찡그리며 싫어하는 기색 다반사다.

호박넝쿨아,
풀밭으로 내려가렴, 지지대를 해준다.

적자 인정 못 받은 한풀이인지
호박넝쿨은 보란 듯이 영역을 넓혀간다.

이웃집 논두렁 한가운데를 지나 직진 또 직진이다.

외길 인생 뻗어 나가는 풀밭, 무법천지다.

늦가을 논두렁 사이사이 눈 시리게,
살아남은 구릿빛 알몸 몇, 옴쏙옴쏙 색을 드러낸다.

봄볕에 핀 해바라기 두 송이

마스크를 쓴 두 노인이 집에서 나와
콘크리트 담장 아래 회색 플라스틱 의자에 앉는다

스웨터의 두텁고 굵은 올마다 봄볕이 고이고
칼칼한 봄바람에 푸른 하늘빛이 내려앉는다
이따금 무겁던 털신, 발이 시리기라도 한 듯 탁탁 턴다

주거니 받거니
시작도 끝도 없고 답도 물음도 없는
대화가 이어졌다, 끊어지고 다시 이어진다

미소로 바라보던 오후 해
두 팔 벌린 간격만큼 자리를 옮기는 동안
의자도 해를 따라 점점 방향을 튼다

마스크로 빗장을 지른 장동마을에도
집마다 봄볕이랑 봄바람이 감쪽같이 다녀간다

비밀 정원

하얀 백지 위에 작은
오두막 한 칸 지어놓고 마음이 진즉
그곳으로 이사 갔다

새벽 어스름까지
웅크리고 자던 키 낮은 풀잎 이슬 마시며 허릴 펴고
밤새 울어 쌓던 검은등뻐꾸기 울음 잦아들고
솔바람 울어 석류나무 위에
둥지 튼 풍경은 얼마나 갸르릉거리다 잠이 들었는지
해가 뜨도록 늦잠 중이고

온갖 세상이 놀러 왔다 쉬어가고
시간을 놓아버린 나는 그곳에서
한 발짝도 떼지 못한 채 긴 호흡 중이다

하루가 기울고 풀벌레 소리
서성이는 수채화 정원에 밤은 다시 찾아들고
고요는 새 생명의 잉태로 분주하고

상강 아침

산등성이 노란 小菊 꽃망울 맺혀갈 때
아침 이슬 꽃으로 피어날 때
느린 걸음 산자락 따라 걸을 때

풀숲 사이에 작은 움직임이 있다
개옻나무 푸른 잎이 주홍빛으로 물드는 그늘에
갈색 실뱀 한 마리 있다

나는 움찔하고, 그는 나를 보고 화들짝 놀란다

갈등을 겪는 그윽한 사이
하늘이 푸릇하니 갈등도 풀빛처럼 둥둥 흩어진다

어느 한때, 그대가 이슬이었을 순간
나는 풀꽃이었으리
그대의 모습과 나의 모습
하나로 포개지던 때 있었으리

새깃유홍초

명주실처럼 하늘거리는 잎, 손톱만 한 붉은 꽃을 본다

저 가녀린 몸짓으로 긴 여름
바람의 수다와 비의 폭력을 견디었을 것이다

막대기를 만나면 한 손 내밀고, 홍가시 붉은 잎을 만
나면 파르르 의지한다

오르고 오르면 저 하늘 끝에 닿을 수 있을까
어느 날 문득, 새벽 별로 다시 태어날 수 있을까

별에서 온 것처럼 '영원히 사랑스러운'* 그 아이를 별
꽃이라 부르자

느린 걸음, 서늘한 밤을 지나던 주홍빛 새벽 별 하나
아른아른하니 생을 굽고 있다

* 새깃유홍초의 꽃말.

히말라야 오로벨

삼십 년 살아온 석류나무 밑둥치는
골격이 울퉁불퉁, 탄탄한 S라인이다

나는 굴곡지게 새겨진 나무의 비문을 보고
그가 살아온 곡진한 삶을 읽는다

꿋꿋하게 홀로 서서 모진 비바람과 땀방울
흘린 눈물로 어룽진 석류나무 눈빛, 맑은 샘이 퐁퐁
솟는다

소소한 기운이 온 우주에 돌 때마다
살그락살그락 온몸 기울여 곱사등처럼 구부러진
그의 삶 위에, 히말라야 오로벨*이
둥지를 틀었다

마을 어귀에서 놀던 소란한 바람이
에돌아 다가올 때 그들은 결 따라 흔들거렸다

먼 곳을 떠돌다 오는 소식,

석류나무에 다다르자

오로벨은 나무의 심장을 듣고 낭랑한 소리로 말을 전
한다

긴장감으로 팽팽하니 몸을 낮춘

석류나무와 히말라야 오로벨은 처음부터 한 몸이었다

* 히말라야의 명상 음악으로 쓰는 종.

손톱을 자르는 남자

여린 새순을 어루만지려면
무정한 호미보다
따뜻한 피 흐르는 손가락이 좋다.

봄비가 추근히 내리던 오후
대숲 앞을 서성거리던, 아직은 서늘한 바람을 쥔
오른손이
물기 머금은 새순을 만나러 간다.

촉촉이 젖은 흙을 헤집어 행여 다칠세라
손톱을 바짝 다듬은 손가락으로 여린 잎을
살며시 어루만진다.

대지는 다정한 손이 이끄는 대로
어디든 가보자는 듯, 잔뜩 긴장한 채 숨을 멈춘다.

세상 밖으로 나온 연녹색 잎눈이
온몸을 한껏 움츠리다 잠시 잠깐, 햇살을
향하여 환희로운 날갯짓이다.

그는 꽃밭으로 나가기 전 항상
연장 대신 손톱을 단정하니 자른다.

여름, 동백꽃 피다

큰맘 먹고 거금에 산 동백 한그루
몇 해가 지나도 자리를 못 잡고 몸살 중이다.

파릇한 잎도 겨울꽃도 없는 비루한 삶에게
따져 묻지 않았다.

이른 아침 뜨락을 맴돌다가
무더위로 시들한 동백나무에 꽃이 앉은 걸 보았다.

아침 햇살 받은 붉은 꽃이
드문드문한 동백잎 사이로 피어오른다.

소나무가 절박할 때 주렁주렁 열매 맺는 것처럼
뻐꾸기가 뱁새 둥지를 탐하는 것처럼

겨울이면 붉게 꽃피는 동백나무 가지에
붉디붉은, 여름 나팔꽃이 활짝 피었다.

화살나무 단풍

화살나무 한그루 맞아들이던 날
여름처럼 붉고 뜨거운 여인이 나의 품 안으로
들어온 듯 설레었다

나무의 빗살처럼 생긴 깃을 손가락으로 어루만지면
여인도 날아갈 듯 날아갈 듯
한껏 어깨를 들썩거렸다

구름처럼 비처럼 꿈꾸며 살자던, 어느 날
서리 내리고 바람 몹시 불자
뜨거웠던 붉은 잎들, 하나도 남지 않고 한순간에
흩어져버렸다

화살처럼 꽂혀 활짝 피었다가 짧은 순간 꺾여버린
황진이의 생인가,

치마폭처럼 붉디붉었던 여인의 도화살,

꿈결 같았다
화살나무 꿈이었다.

3부

납월홍매

해를 넘기지 않고 서둘러 피우는 속내를
내 어찌 알까마는
뒷산의 북풍 막아서서 견디는 심성을
내 어찌 짐작이나 할까마는

낙안읍성 육백 년 늙은 어미의 씨앗으로
싹을 틔워 대를 이어가고 있다

어미는 가고 없는데 뜰에 모인 여섯 형제 머릴 맞대고
산다
스스로 어미의 향기를 나누어
어미의 어미, 그 어미의 성품을 배워간다

입춘 봄바람이 흔들어대는 동안
감나무는 갈잎 부려놓고 뒤돌아보지 않는데

금둔사 홍매화는 섣달에 봄을 보여준다.

서 있다는 것

내 키와 비슷한 등 굽은 고무나무 화분이
찻집에서 창밖을 바라보며 서 있다

우두커니 서서 무심하게 스쳐 가는 눈빛을 향해
온몸 파르르 떨며 갈 길을 물어보지만
텅 빈 골방처럼 메아리는 없다

어딘가를 바라보며 서 있다는 것은
상행선 기차를 기다리며 홀로 서 있는 어스름처럼
갈 곳 몰라 두려움에 떠는 저녁
노포동 터미널 대합실 플라스틱 슬리퍼의 혼돈 속이다

홀로 서 있다는 것은
튀어 오르고 싶은 날개의 가려움을 버티는 일이다
섬진강 은어 떼가 바다 그리워 팔딱거리듯
그리움을 견디며 출렁거리는 일이다

사랑, 그거 별거 아니더라

온몸으로 껴안아야 사랑인 줄 알았다
하나뿐인 목숨이라도 바쳐야 사랑인 줄 알았다

티 없는 가을 하늘 아래 한점,
흐르는 구름만 보아도 눈이 짓무른다

저기 저, 식영정息影亭* 뜰 앞에
오백 년간 외길로 걸어왔다는 푸른 소나무 한그루
꼬옥 안아주고 싶다

해 기우는 가을이 되면
그립고, 보고 싶은 게 많아 눈물이 흔해진다
시도 때도 없이 가슴이 울컥거린다

사랑은
틈새마다 숨어 반짝, 빛을 발한다
그 빛남으로 어디든 닿지 않는 곳이 없구나

* 전남 담양에 있는 그림자도 쉬어간다는 정자.

성스러운 기운

천안 공세리 성당엔 삼백 년 된
두 그루의 느티나무가 계신다

녹음이 우거진 숲속으로 드니
힘들고 지친 걸음걸음 어루만져 주었을
나무들이 차례로 내 어깨 토닥거려준다 나는
주변을 한 바퀴 돈 후 성당 안으로 들어가려는데
알 수 없는 끌림으로 한발 한발
느티나무 앞에 멈추어 섰다

거룩한 느티나무 앞에 서서 지그시
눈을 감고 두 손 모으니
측은한 눈빛으로 나의 기도 들어 주신다

내 기도가 화단에 핀
홀아비원추리꽃 주홍 때깔처럼 익어가고
푸석하던 가슴이 습기를 머금어
느티나무 새순처럼 보드라워진 것이다
온몸이 뭉클해진 나는 한 발자국도 걸음을
옮길 수가 없다

노숙 막사발 대접하기

와온 바닷가, 쓰러져가는 초가를 지나다가 담장을
기대고 누워있는 사그릇을 만났다

흙먼지 덮고 잠든, 노숙하는 그들을 흔들어 깨우니
졸졸졸 집으로 따라온다

땟물 줄줄 흐르는 몸, 뜨거운 물에 목욕시키자
뽀얀 줄 선 테두리 따라 이어진 복자福字 문양 선명하다

한때 누군가의 밥상 위에서 소중한 먹거리를 물어
복福을 담아주었을 것이다, 이제는 되받을 시간

쌀 반, 잡곡 반 섞어 고슬고슬하게 지은 밥
뭉근하게 오래 끓인 된장국

정성 들인 음식, 고봉으로 입에 물리자 두레 밥상 차
린 듯 오붓하여
금세, 한 분 한 분 볼살이 탱탱하다

작은 간장 종지마저 까르르 웃는
햇살 넉넉한 봄날, 그들에게 점심 한 끼 대접하고
나는 몹시 배가 부르다

먹대

도성당* 앞 화단에 오롯이 서 있는 오죽烏竹이
딸 손잡고 절 구경 온 노보살과 눈이 딱 마주치는데

아니, 이것이 머시다냐
어디메도 있던 것 아니냐
그랑께 거시기 머시냐,
그 꺼멍 대나무 아니여?

아 그랑께 그거시 먹대, 먹때란 말이여!!!

오죽烏竹이 웃음을 참지 못하고 죽죽거리는데
오죽하면 실바람마저 댓잎 사이에 숨어 실실거리는데

먹빛이 흐드러지면서 오죽헌烏竹軒 사임당이 한 획을
그은 듯
  댓잎 한 촉 피어오르고,
  도량에 먹향 번져간다

  사전에도 없는 먹대라는 말

머리에 먹물 들고 처음 들어보는 먹대라는 말

참, 그윽하다

* 송광사 노스님들 수행하는 전각.

살 속에 박힌 씨앗

삼청로 갤러리 도올에서
최혜인 작가의 복숭아 씨앗을 보는데요

풀꽃으로 살아가는 어느 생이라도
진지하지 않은 생은 어디에도 없는데요

살이 씨앗을 품는 것과
씨앗이 살을 단단히 물고 있는 것은
누가 먼저라고 해야 할지 모를 삶에 충실한 본능인데요

살과 씨앗이 하나로 뭉쳐야 비로소
한 생명이 존재함을 여실히 보여주는데요

그 바닥에 뿌리가 버티고 있어요
살아있음을 증명하는 것들 말이에요

살 속에 박힌 씨앗과 살이 바로
한통속이라지만, 실은 그 씨앗과 나의 씨앗도 원래
한 종족이었지요

과거 속에 미래가 담겨있어, 핏줄처럼 탄탄하니
삶을 이어가곤 했다지요

연을 심다

붉은 벽돌색 고무통에 진흙을 반쯤 채우고 연을 몇 뿌리 묻었다

나는 연의 집에 샘물 찰랑찰랑 부어놓고 날마다 주변을 서성거린다

줄기가 진흙 속에서 햇살을 먹고 하루 새끼손가락 한 마디만큼 오른다

손바닥만 한 잎들, 위로 무성하니 얼마 후엔 고운 꽃 볼 수 있겠지

연을 심으면서 바닥에 그윽한 마음 함께 심어 놓았을까, 흙 속에서

연들이 든 적도 난 적도 없는 향기를 머금어 통통하게 살을 채운다

진흙을 뚫고 오르는 푸른 연잎도 세수했는지 말끔하다

세상 속으로 스며들다

한 사람이 흩어졌다.
커피와 책, 구름을 좋아하던 사람

그가 홀연히 남긴 외마디, 아!
세상은 잠들어 있고 그만 홀로 궤도를 벗어나 버렸다.

그 어머 어마한 블랙홀의 흡입력
지방신문에 단 두 줄,
바퀴가 하나, 빠져버렸다는 싱거운 사고 소식

대지는기우뚱더디고느리게절름절름걸어간다구름은높
디높고바람도왔다간다세상은밥을먹고잠을자고또자지러
지게웃기도한다.

흩어진다는 건 스며들기 위한 것
어디에도 머무르지 않을 것 같은 눈빛, 온 누리에
빛살처럼 번져간다.

* 의사 허민 선생님을 추모하면서 2022년 10월 4일.

압해도, 아기 동백꽃아 말문을 열어다오

혹한을 견딘 꽃이라야
꽃이라 할 수 있다고
압해도 사람들은 동백꽃을 겨울꽃이라 부르더라

아가야, 이제 말문을 열어 보렴
눈 속 아기 동백처럼 얼음을 깨부수고 꽃으로 활짝 피
어보렴

아스라한 절벽 앞에서 멈칫멈칫 머뭇거리고 있는
어린 왕자처럼,

눈 속에서 눈 뜬 동백꽃 눈망울,

꿈속인 듯 생각의 물레를 돌리는 눈동자가 섬광처럼
반짝이는
압해도 저녁노을미술관의 사진 속*에서
내가 만난 아기 동백

추워추워 입술 다문 꽃망울

붉어붉어 울음 맺힌 입술아, 말문을 열어 보렴.

* 장애아들의 어머니, 사진작가 김○○의 작품 〈아기동백 눈망울〉.

여자만 달

여자도*에서부터 둥글게 먼바다를 둘러싸고
있는 섬들의 모습이 기다란 띠처럼 이어져, 마치
초승달을 펼쳐놓은 듯하다.

나는 하늘에 떠 있는 달을 잡으려다
잡히지 않을 때면 여자만 섬달천으로 간다.

하늘과 찻잔, 그대 눈동자
속에 산다는 달은 그믐 바닷속에 숨어 버렸다.

섬달천* 〈달 커피〉 집에는
초하루도 보름도 밤, 낮 구분하지 않고
떠 있는, 한 번도 보지 못했던 금빛 초승달이 살고 있
다.

허공에 샛노란 달덩이가 두둥실 떠
대낮 섬달천 꾸무룩한 하늘이 방긋하다.

찰랑대는 파도에 씻긴 듯 촉촉한 달, 살결은

매끄럽고 숨소리 쿵쾅거린다.

달과 한참 놀고 그 가슴 속에 키우는 심장
한 조각 툭 따서 돌아온 나
한동안 그대 향한 가슴앓이할 일 없겠다.

* 여수 여자만에 있는 섬.

열화정 기와지붕 위 동백은 푸르고

휘청 늘어진 봄날 햇살 아래
누마루 기둥은 높고 담장 없으니 득량만得粮灣*이
바로 마당이다

조선시대 사대부들의 담소처
열화정에 앉아있는 동백꽃, 청춘이다

이맘때쯤이면,
춘백春栢이라 할만도 하건만
기어코 동백冬栢이라 불리길 바라는 심사

득량만에서 곰실대던 파도가
오후 햇살 받아
한 무리 짐승처럼 밀려드는 은빛 물꽃송이
동백꽃으로 팡팡 솟아오르고

열화정 검은 기와지붕 위에
한창인 듯 피어있는 동백꽃 한 송이 참,
푸르다

* 고흥반도 북서쪽(보성군)에 있는 만灣.

화사花蛇, 화사華死

내일이면, 소小 대한大寒
넘어가면 얼어 죽을 놈 없다는 대한大寒인데

세 살 어린아이 손가락 굵기의
새끼 뱀이
총총 내비치는 겨울 햇살의 꼬임에 빠져 뒤란
시멘트 바닥에서 온몸을 배배 꼬고 있다

갈색 몸매, 선홍색 점박이 무늬에 촉촉하고 윤기 흐르는
온기가 있는 것 같아

애야, 아직 나올 때가 아니란다 다시 집으로 들어가거라

주문하면서 휘이휘이 손 발짓 다 해보건만
철딱서니가 없는 건지 들은 척도 안 한다

엄동설한에 선홍색 붉고 화사한 꽃무늬 옷
곱디곱게 차려입은 새끼 뱀이
철도 모르고 기어 나와 얼음 꽁꽁, 박제되었다

지척지간 咫尺之間

조천읍 〈서울명동만두집〉 주인 아주망이
만두를 찌던 중, 친정어머니와 통화 한다

"예 어머니, 어제 생일날 미역국 잘 끓여 먹었어요"

듣고 있던 나는, 나도 모르게
어제요? 어제는 저도 생일인데요!!

순간, 아주망이 부엌으로 간다
냉장고에서 미역국, 찰밥, 귤, 케이크 줄줄이 나온다
순식간에 차려진 나를 위한 생일상

생일이 같은 날이라는 사실 하나만으로
세상의 벽은 허물어졌고 섬과 육지의 거리가
손 한 뼘처럼 가까운 거리가 되었다

살아가는 일이 어디 쉬운 일이 있을까만은
사람과 사람이 가슴 여는 일이 결코
그리 멀리 있는 일은 아니다

천 리 길이 지척 간에 좁혀지는 것도
눈 깜짝할 사이, 틈새에 사는 마음이 하는 일이다

조상이 같은 뿌리라는 사실 하나만으로
우리의 동서남북, 통일도 그러할 것이다.

팽나무 그림자

하루를 꿋꿋하게 견딘 그도 어둠이 오면 흔들리기 시
작한다

구름을 피해서, 빗방울을 비켜서 숨어 살던 때, 더러
는 있었지

빛 한 줌까지 스러지는 어스름 저문 밤, 혈색 없이 다
가오면
거기 누구 없나요, 말보다 울음이 앞선다

가느다랗게 이어지는 몸짓, 목청껏 외쳐도 흩어져버리
는 울림
그리움의 무게는 늘 그러하듯 밤의 무게보다 두껍다

저무는 산자락에 몸을 포개는 듯
한 가닥 바람결이나마 붙잡으려는 듯

빗물에 일그러진 초승달 꽃그늘로, 스며들 듯 돌아오
려면,

동이 터 오를 때까지 흔들리지 마라, 결코 으스러지지
마라

풍경소리

구례로 들어가는 초입
순천 땅에 구례구역 역사가 누워있다

나는 걷다가 걷다가
묵은 나와 결별해야 하는 시간이 오면
그곳으로 간다

가까이 가면, 역사 앞에 누운
오래된 두 그루 금강송 연리목에서
절렁절렁 풍경소리가 흐른다

철로 곁에 누워 쇳소리 먹고 늙어온
연리목이 토해내는 울음은
묵직하여, 멀고 낮은 곳으로 스며든다

지리산과 조계산의 만남처럼
먼 길 돌아 돌아 어느 즈음에 만나야 할
인연처럼 깊고 저릿한 순음

구례구역에 들면
오고 가는 일상이 구례와 순천처럼 경계가 없어서
그냥그냥, 물 흐르듯 구부러져 흘러간다.

힘든 일

마당에 풀들이 쫑긋쫑긋 오르자
제비꽃 괭이밥 광대나물 쫑긋쫑긋 오르자

코팅된 청색 고무장갑을 업은
호미가 고무다라이 앞세워 마당으로 나간다

제비꽃은 꽃이 예쁘니 놔두고
괭이밥은 꽃이 노라니 놔두고
꽃도 잎도 어디 한구석 이쁜데 없이 오르기만 하는 풀
이름조차 모르겠네
기를 쓰고 바둥거리는 나 닮은 저 풀
뽑자니 불쌍하네

풀 속에서 이방 저방 고민하는 사이
자고 나면 새 모습, 자고 나면 또 새로운 모습
흑백을 골라내는 일이
이래서 다들 힘들다 힘들다 흔들거리는구나

4부

소신공양燒身供養

산속 암자 불일암佛日庵, 님께서
애지중지 키웠다는 홍매를 만났다, 그는

겨우내 북풍에 시달리느라 움츠렸음에도 두 볼에
함초롬한 웃음 머금었고 꽁꽁 언 손가락, 발가락까지
발그레하니 붉다.

솔가지가 찢어질 듯 파고드는 소소리바람에
얇은 옷자락 보일 듯 말 듯
숨은 가슴까지 타던 불이 옮겨와 붉게 일렁거린다.

추위와 어둠에도 입 다물며 건너와 응달진 구석구석
밝게 비추려고 제 몸 활활 태우는 중이다.

불일암 홍매는, 꽃만 붉은 것이 아니다.
뼛속부터 불그스름하니 온몸 불사르는 중이다.

그 온기로 산 아랫마을까지 훈훈하다.

너덜범종

천봉산 대원사에, 시간이 멎어도
깊은 울음 서려 있는 늙은 종이 살고 있습니다

천 사람의 손길과 땀방울,
천 번의 풀무질로 빛을 본 그가 뱃가죽이 찢어지고
속살이 피멍으로 오래 아팠습니다

낭랑한 소리 조석으로 울어
어리석은 중생을 깨우치리라 한 생각 놓지 않으려고
이를 악물고 버틴 세월입니다

울어야 할 때 울기 위하여 울음 꿀꺽 삼키며 견디어낸
울음을 만드는 집입니다

대원사 계곡물에 내려앉은 벚나무 꽃잎이
화엄 세상을 펼치자
찢어진 종의 온몸에 핀 아픔의 흔적
지친 세상 밝히는 햇살무늬꽃으로 활짝 피어납니다

통通

한 생을 속속들이 알아가는 시간으로 우리
어떻게 접선해야 할까

손가락으로 툭툭 찔러 볼까
그에게도 시간이 필요하리라 며칠 말미를 줘야 하나

두드려도 두드려도
빗장 단단히 여며진 문, 다시 바라만 본다

멈추어 바라보아야 할 때가 있듯이
나는 기다리고 그는 브릭스를 끌어 올리고

푸른 갑옷 대신 갈옷으로 갈아입는 그 나름의
소통 방식

그와 내가 통해졌다
싶은 순간 중심을 향하여 달리는 도끼날
비수처럼 심장까지 돌진한다, 단칼에 무너져버린다

아보카도가 마음을 열도록 기다리는 시간

여물이 깊을수록 그의 품은 부드럽고 나의 입술은 매끄럽다

금동여래좌상 앞에 오른 무릎을 꿇고 앉아

나는 누구인가 의문이 드는 날
마음 안에 계시는 듯 아니 계시는 듯 만날 길 없는
부처를 찾아 길을 나섰다.

적조암 금동여래좌상*앞
앉아서 아래를 바라보는 부처님 표정에 슬픔이
차곡차곡 고였다.

우두커니 서 있던 내가 오른쪽 무릎을 꿇는
자세로 앉아 올려다보니 비로소 부처님과 나의 눈이
억겁의 인연처럼 마주쳤다.

양쪽 어깨를 감싸고 있는 투박한 통견의通肩衣**
자락은 풀물이 든 듯 푸르스름하고 눈가는 촉촉하다.

살짝 열려 달싹이는 입술로 무슨 말씀을 하시는지 나
는
알아들을 수가 없다.

그의 눈에서 눈물이 흐른다. 하염없이 흘러 흘러, 내
가슴 속으로 스며드는

저 말씀들,

* 함경도 덕원 적조암에 계시다가 송광사 성보박물관에 이운돼 있는 불
  상.
** 불교에서 양어깨를 모두 덮는 법의를 이르는 말.

금와보살 죽비

영축산 자장암에는 금빛 개구리가 산다

섣달그믐날, 온몸 온 마음 비우러
금빛 개구리 만나러 간다

백팔 계단 하나씩 오를 때마다 바람 가벼워지고

마애불상 옆 통로를 지나 법당 뒤로 가면
토굴 깊숙한 곳에서 개구리는 눈 부릅뜬 채
사바세계를 지킨다

햇살 푸릇한 바위의 깊게 뚫린 구멍에
오른 눈을 대고 지그시 바라본다

보고 또 보아도 눈앞이 흐리다
어떤 이는 금빛을 보았다 하는데 내게는 아득한 어둠
의 세상뿐

보이는 것과 보이지 않는 것의 경계에 흔들려

돌아서는 걸음 위로
처마 끝 고드름이 와지끈!

내 안의 분별심을 깨버리는 죽비 소리
금빛 개구리 울음소리다.

눈물한방울차

절집 생활 오십 년 넘어 방 한 칸 얻었다는
선방 큰 스님의 아담한 공간
칸칸이 나누어진 나무 선반에
온갖 약과 책들 어깨를 마주하고 앉아있다

오래 묵은 가구의 녹슨 백동장식 눈망울을
싹싹 닦아주시던 스님

주전자에 물을 끓여 다관에 살며시 붓는다
곡우 전에 피어난 어린 찻잎
다관 속에서 몸을 풀며 하르르 향기 품어낸다

찻잔에 따라 주시는 한 모금의 차
혀끝에 스미는 부드러운 차향
방안 가득, 풀빛처럼 흐르자 들썩이던 어깨
차분히 내려앉는다

눈물 흘려보지 않는 자, 마실 수 없는 차
눈물 깊이를 모르는 자, 마실 수 없는 차

눈물한방울차 속에는
봄, 여름, 가을, 겨울 고스란히 살고 있다

대자보大慈報

설악산에서 아득한 나라로 이사 간 노스님은
'비위 맞추기*' 잘하는 것이, 최고의
자비심慈悲心이라고 했지

원효 스님은 서라벌 저잣거리에서
깡통 차고 각설이타령 하면서 중생衆生 비위를, 그리도
잘 맞추었다지

지옥에 사는 지장보살地藏菩薩은
악인들 비위 맞추느라고 아직도 부처가 되지 못하고
있다네, 뭐
스스로 자처한 일이기는 하지

생각해보면
비위 맞추기 최고봉은 단연코 석가모니부처님 아닌가
이천 년 넘도록 이어온 저 찬탄의 소리 귀 기울여 봐,
그에 대한
구구절절한 설명은 사족蛇足이지

우리네 절집 스님들은 또 어떠한가
중생衆生 비위를 얼마나 잘 맞추는지 오죽하면
산중山中 기생이라고 하겠는가 맨발 벗고도 못 따라가
겠지만, 나도
그걸 흉내는 좀 내는 편이지

아침에 눈 뜨면 어린 그분에게
일어나셨습니까? 정성껏 차린 음식 맛나게 잡수시옵
소서, 지극한
마음으로 공양 올리지

축생畜生 비위 맞추기 잘하는 내가
중생衆生 비위까지 잘 맞춘다면 언젠가는 나도, 대자대
비大慈大悲한
부처가 될 수 있겠지

* 무산 스님의 트레이드마크 같은 말씀으로 자비 실천의 방편으로 삼
  음.

능견난사能見難思

능견난사*는 직경 16.7cm의 고려 시대 절집 그릇이다
능히 볼 수는 있지만 만들기는 어렵다고 하는 발우다
쌓아도 쌓아도 허물어지지 않는 신비한 놋쟁반이다

묵은 시집으로 한 겹 두 겹 세 겹, 책 집을 짓는다
차곡차곡 올라가던 책들이 흔들거리다 벽체가 내려앉
는다
발꿈치로 버티던 책 속의 시어詩語들이 와르르

널브러진 책더미 앞에서 잘 쌓아진 능견난사 정신을
생각한다
내 안에도 시의 정신 담아주는 발우 하나 앉히고 싶다

* 〈능견난사〉는 고려시대에 만들어 송광사에서 쓰던 놋그릇이며 승보
  종찰 송광사의 3대 보물 중 하나로 송광사 박물관에 소장 중이다.

방생

무안 개펄에서 온
눈 두 알, 귓바퀴 둘, 입 하나의
짱뚱어 모양 돌멩이
너른 접시 위에 올려놓고
살그머니 물을 부어주자
살래살래
꼬리를 흔들며 망망대해로 간다

방생 2

안토시아닌과 폴리페놀의 조합, 단맛과 신맛의 어우러짐, 기억력 증진에 탁월하다는 보랏빛 치명적 유혹, 직박구리가 좋아하는 블루베리다

블루베리 보호 그물망에 직박구리 한 마리 딱 걸렸다 온몸을 파닥일수록 그물망은 점점 옥죄여온다

절명의 순간 직박구리를 본 나, 다급하게 그물망 속으로 손을 넣는다 직박구리는 죽은 듯 눈을 감았다 그는 순해졌고 나는 빨라졌다

목과 손 갈퀴를 칭칭 매고 있던 망을 모두 벗겨내는 순간 직박구리가 벌떡 일어나 포르르 난다 감나무 위로 훌쩍 오르더니 한 바퀴 호르르 돌다 멀리 날아간다

사사불공事事佛供

몸 한쪽을 마음대로 쓸 수 없는
편마비 환자가 건들거리며 걸어오더니
담당 선생님에게 보퉁이를 하나 건넨다

그걸 받아든 선생님이 단단히 싸맨
보자기를 풀자 싱싱하고 부드러운 마늘종 세 다발,
드러낸 얼굴이 뽀얗고 싱그럽다

세상에서 가장 부드럽고, 연한
속 심지만 고르고 골라 뽑아온 마늘종이다

귀하고 좋은 선물이 많은데
하찮은 이런 걸 드려도 괜찮을까요

휘청휘청 기울어지며 돌아가는
보퉁이 속에서 피어오르는 초록빛 관음 미소
선물은 그 마음 하나면 족하다

곳곳에 부처는 낮은 몸으로 살고, 일은 일마다 공이
된다

이름바위

무풍너럭바위
부도바위
마두바위

영축산 자락의 저 바위들,
바위로 태어나 이름을 남긴 이름바위들,

절절히 두고 온 마음 한 자락
푸른 하늘, 구름 사이로 곰실거리는 바위에
새기고 또 새겼다

하루가 곧 백 년이기에
더러운 소리 듣자마자 귀를 씻은
세이석洗耳石* 앞에서

예까지 묻혀온 먼지 훌훌 털며
귀를 씻으며 물소리 듣자니
세월의 앞과 뒤가 다르지 않아라

자장동천 세이석 앞에서
손을 씻고, 입을 씻고, 마음까지 카칼하니** 씻으며

내 가슴바위에도
마음 심心 한 글자 단단히 새긴다.

* 자장율사는 왕의 국사 요청을 거부하며 "내 차라리 하루 계를 지키다
  가 죽을지언정 백 년을 파계하고 살기를 원치 않는다"라며 요청을 들
  은 귀를 씻은 곳에 "洗耳石"이라 새겼다.
** 신구의身口意 삼업을 청정하게.

자장동천 연리목

사람과 사람 사이는 부대낄수록
미세한 간격이 쌓여
스치는 순간마다 더, 더 멀어질 것을 염려하는
슬픔이 가루로 흩어진다

밀어내는 통점으로 찾아간 자장동천
흐르는 물소리는 다투지 않고
키 큰 금강송金剛松 두 그루 한 몸으로 산다

처음부터 하나로 껴안았고,
살면서 더욱 껴안아 한 몸이 되었다
한 호흡으로 마주 보고, 한 눈으로 세상을 보는
금강송 붉은 소나무 아래에서
그대와 나, 다르지 않기에
하나 되어지이다 하나 되어지이다 서원하는,

자장동천 물소리, 물소리 속에 들려오는 저 소리,
보다 깊이,
온 적도 없이 흐르는, 물소리보다 더 깊어지는 마음

한 자락

　천년을 저 물소리로 살아왔을 연리목

　내가 나를 찾으니 두두물물이 나로구나*는 한 말씀
　물빛으로 번지고 쏟아지는
　어정 7월, 햇빛도 물 흐르듯 스며드는 금강송으로 서
있어라.

　* 극락암에 주석하셨던 경봉대선사 오도송.

운주사 와불

누워있는 돌부처는 고개를 추켜들지 않고도
하늘을 볼 수 있고 두 팔을 뻗어 곧장 별들을 안아
볼 수 있어서 좋다

바라만 보아도 하늘이 툭 내려와 안길 것 같고
하늘의 마음, 금세 보일 것만 같아 더욱 좋다

밤새, 별이 사는 동네로 올라가 별들과 소곤대던 돌부
처
어스름 새벽녘이면 제자리로 내려와 누워있다

어느 날은 저 하늘 올라 별이 되기도 하고
어느 날은 두 눈 끔벅끔벅 졸고 있던 별들, 운주사로
마실 와
돌부처 어깨 위에서 쉬기도 한다

운주사 와불은 동짓달 긴 긴 밤에도 심심할 틈이 없다

열반종涅槃鐘

운판雲板이 날개를 접는 이슥한 밤
잠들지 못한 산사는
이리저리 뒤척거려 등을 구부리는데
멀리 운구가 걸어온다

종고루가 서러워
온몸 으깨지도록 종을 불러 깨운다
뎅 뎅 뎅 뎅
평생 모아놓은 유산 하나
108번뇌를 내려놓고
조계산을 넘어가는 긴, 소리의 여운

명부전에 조등 하나 걸리고
어제를 기억한 산천초목이 운다
미처 따라가지 못한 숨소리들이 운다

울음의 가지 끝에
108가지 님의 생이 되살아난다
108가지 님의 생이 꽃으로 핀다

* 남은당 현봉 대종사님의 극락왕생을 발원합니다.

향기 보시

아껴두었던 참기름을 옮기다가
눈 깜박할 사이에 부엌 바닥에 떨어뜨렸다.

유리 파편과 참기름이 흩어져
순식간에 번쩍번쩍, 한 폭의 유화가 그려졌다.

허겁지겁 화장지로 그림을 지운다.
닦고, 훔치고, 세세한 부분까지
꽃 그려놓은 흔적을 찾아 꼭꼭 찍어낸다.

적막하던 공간에
향기로움이 몰려와 복작복작 생기가 돈다.

세상에 아름다운 이별은 없다지만
고소함을 깨트리니 고소함이 울타리를 넘어간다.

위, 아래 사방이 종종걸음으로 분주해진다.

와온 낙조

해안 도로변 단칸방
의 늙은 감나무
홍시, 올망졸망 낳아 부끄러워

초겨울 바다 물빛부터
낮달 두 볼까지
불그스름하니 주홍빛 화엄

땅의 상상력과, 스며듦의 몽상

송 희 복(문학평론가)

1

우정연의 시들을 내처 읽으면서, 나는 가스통 바슐라르의 명저로 손꼽히는『대지 그리고 휴식의 몽상』(1948)을 생각하지 않을 수가 없었다. 인간의 역사는 땅의 역사다. 땅을 기반으로 해 삶의 터전을 마련하고, 또 이것을 다져간다. 땅도 흙으로 된 땅이었다. 땅에도 흙으로 된 땅이 있고, 시멘트 바닥으로 된 땅이 있다. 도시인들은 흙 땅을 밟지 않고 살아간다. 시골 사람도 마찬가지다. 다만 시골 사람들 중에서도 농사짓는 사람들만이 흙 땅을 밟고 사는 특권을 향유한다. 오히려 흙 땅을 밟는 것이 특권이 되는 시대다. 국어사전에 '흙땅'을 등재된 낱말로 아직도 대접을 해주지 않을 만큼, 그동안 푸대접을 받아온 것이 흙 땅이다.

바슐라르는 시골 사람이었다. 가계도 변변찮은 서민 출신이었고, 프랑스의 엘리트 코스인 소위 '그랑제콜'을 나온 것도 아니었다. 시골에서 과학 교사를 하다가 학생들의 상상력을 죽이는 교육에 환멸을 느끼고 물질적 상상력의 이론을 계발해 20세기 프랑스 최고의 문학이론가가 되었다. 그의 물질적 상상력은 땅과 물과 불과 공기로 환원되는 질료였다. 『대지 그리고 휴식의 몽상』은 『대지 그리고 의지의 몽상』(1947)을 이은 흙 땅 상상력 이론의 놀라운 비평적 업적이요, 사상적 결과물이었다. 이를 염두에 두고 우정연의 시편 「모란이 피고 지는 사이」를 읽으면 뭔가 감이 잡히는 듯하다.

> 꽃밭에 자갈 고르고 흙을 북돋는다
> 사이사이 이랑 만들어
> 모란 몇 촉, 사이 좋을 간격으로 자리 잡아 주었다
>
> (……)
>
> 모란이 피고 지는 눈물의 시간
> 별똥별 떨어지고 소우주 하나 생겨나는,
> 차마 어쩌지 못하는 사이
>
> ─「모란이 피고 지는 사이」 부분

꽃밭을 가꾸는 일, 모란을 심고 키우는 일은 공간을 만들어서 시간을 관리하는 자연의 작업이다. 이 시에서의 이른바 '사이'는 공간의 틈새이기도 하지만 시간의 연장선이기도 하다. 이 연장선은 모란이 피고 지는 일을 반복한다. 모란이 한 번 피기까지 소우주가 하나씩이 생겨난다. 우정연의 시에는 소우주라고 한 시어가 몇몇 적혀있다.

가스통 바슐라르는 대우주와 소우주, 그러니까 자연과 인간, 아니면 밤낮으로 바뀌는 명암의 하늘과 작은 텃밭이라고 하는 이분적인 사유나 몽상이 모든 변증 관계를 설명하기에 더 이상 충분하지 않을 수 없다고 말했지만, 그의 대지의 상상력은 마침내 '대우주–소우주'의 행복한 상응 관계로 귀결하고 있다. 이 글에서 자주 쓰는 용어인 몽상(rêverie)은 꿈 그 자체가 아니라, 마치 꿈을 꾸듯이 생각하는 것을 말한다. 그러니까 현실적으로 이루어지지 않은 생각이다. 물론 그렇다고 하더라도, 몽상은 현실을 넘어서는 힘을 가진다. 이 힘이 상상력이다. 그것은 정신분석에서 말하는 욕망이나 소원충족과는 미세한 차이가 없지 않다.

2

바슐라르 표제어의 하나인 저 대지는 프랑스어 '떼흐(Terre)'에 해당한다. 불한사전에 의하면, 이것은 우리말로 흙 · 땅 · 토지 · 농경지 · 밭뙈기 · 지면 · 지표 · 지역 등으로 옮겨진다. 박경리의 소설 「토지」가 프랑스어로 번역되었다면, 아마 제목이 '라 떼흐(La Terre)'가 되었을 것 같다. 어쨌든 프랑스어 '떼흐'에는 크다는 의미가 반영되어 있지 않은 것 같다. 왜 그럼 대지인가? 처음의 번역이 후속 번역에 영향을 주었을 것이다. 바슐라르의 저서명 '대지 그리고 휴식의 몽상'은 내가 생각하기로는 '흙 땅 그리고 안정된 삶의 추구를 위한 바람' 정도로 이해되는 것이 바람직하다고 하겠다.

첫해에 다문다문 오르던 꽃대가
다음 해에는 수북하니 오른다

해가 지날수록 땅은 어머니 젖줄처럼 아늑해지고
그 끈끈함은 꽃대로 드러난다

하늘과 바람과 햇살의 수레바퀴를 타고 와
갸웃갸웃 붉게 물드는 꽃대
　　　　　　　　　　—「그리움은 땅을 뚫는다」 부분

꽃대는 중심축을 이루는 줄기다. 꽃대가 있어야 잎도 키우고, 꽃도 피운다. 소우주의 '세계수'와 같은 존재다. 그냥 커가고 저절로 피는 게 아니라, 하늘과 바람과 햇살의 수레바퀴 등이라는 무수한 자연의 원소나 질료로

부터 도움을 받고 성장해간다. 마치 땅이 어머니의 젖줄처럼 말이다.

여기에서 보듯이, 모든 땅의 상상력은 모성 회귀의 상상력이기도 하다. 붉게 물드는 꽃대. 뭔가 스며들어야 이루어진다. 이 스며듦의 바람이 실현되기까지 기다릴 수밖에 없다. 자연의 이치는 이처럼 기다림이요, 그리움이 아닌가 싶다. 그래서 시인은 그리움이 땅을 뚫는다고 하지 않았나, 싶다.

> 한 생을 사박사박 걸어가는 일은 소우주의 시간, 그것은 가을 단풍처럼 생이 깊어가는 것이라 여겼다 익는다는 것은 오랜 시간 숙성되어야 할 무진장한 분량, 순간을 온전하게 가져보지 못하고 빠르게 스쳐버린 시간 때문에 곰실곰실 잘 익어야 할 이유는 없다 십 년을 일 년처럼 빠르게 살았던 나는 일 년만큼의 주름을 가졌고, 무성한 푸르름은 덤이다 오후의 푸른 들판, 깊고 청명한 초록이 드넓게 펼쳐져 있다 나는 그 중심에서 바닥을 딛고 단단히 서 있다
> ─「오후, 푸른 날개 돋다」 전문

바슐라르의 땅 개념을 우리말로 굳이 대지라고 한 것에는 그 나름의 이유가 있는 것 같다. 어떤 문명권에서도 땅은 지모신(地母神)의 현현으로 본다. 이뿐만이 아니라 그의 흙 땅에는 집, 배(腹), 동굴, 미로, 뱀, 뿌리 등의 개념을 포회하고 있다. 이 많은 것을 포회하려면 땅뙈기

114

가 아니라 대지여야 할 터이다.

서 있거나 걸어가거나 하는 관념을 두고, 시인은 '소우주의 시간'이라고 표현했다. 인생이 바로 서 있거나 걸어가거나 하는 행위의 총량인 것이라는 점에서 적절한 표현이 아닐 수 없다. 서 있거나 걸어가거나 하는 행위는 쉰다는 것과 서로 통한다. 우리가 쉰다는 건 쭈그려 앉아 있거나, 바닥에 등을 대고 누워있는 것만이 쉰다는 것에 국한되는 게 아니다. 다만 '서 있다'가 식물적 휴식의 몽상이라면, '걷다'는 동물적 휴식의 몽상이다. 서 있는 것의 대표적인 사물은 나무다. 나무는 움직이지 않는다. 나무는 하늘이 그리워 팔딱거리기도 하고, 또 학이 서 있는 형상을 빚어내기도 한다.

어딘가를 바라보며 서 있다는 것은
       (……)
홀로 서 있다는 것은
튀어 오르고 싶은 날개의 가려움을 버티는 일이다
섬진강 은어 떼가 바다 그리워 팔딱거리듯
그리움을 견디며 출렁거리는 일이다
                  —「서 있다는 것」 부분

길게 서 있던 다완이 학을 꼬옥 품어준다.
꼿꼿이 서 있던 학은 날아갈 듯 꼬리깃 한껏 세우며
사르르 눈을 내리뜬다.

115

어깨를 들썩거리던 학이 큰 날개를 저어
주위를 한 바퀴 돈 후, 다완 밖으로 사뿐히 발을 내디딘
다.

학의 춤사위 따라 온몸이 들썩거린 나는
엉거주춤 일어나 학을 따라 덩실덩실 춤추며 돈다.

학이 사박사박 다완 밖으로 걸어 나오자
찻잔에 담긴 찻물이 춤사위 따라 곡선을 그리고
방안에 갇혀 팽팽하던 차향, 문틈 사이로 번져 나간다.
— 「입학다완」 부분

입학다완이란, 두루미(학)가 서 있는 모습이 새겨진 찻
(茶)사발을 말한다. 우리나라에서는 주로 찻사발이라고
하고, 중국과 일본에선 이른바 '다완'이라고 한다. 인용
시 속의 다완에는 비학이 아닌 입학이 새겨진 모양이다.
학, 즉 두루미는 날지 않고, 서 있다. 새들은 사람처럼
앉아서, 혹은 누워서 쉬는 게 아니라 서서 쉰다. 나무처
럼 서 있는 것이 바로 쉬는 것이다. 두루미가 서 있는 형
상은 사람에게 있어서의 휴식의 몽상을 투사한 것이다.
인용 시는 학춤의 정지된 한 영상인 것으로 넉넉히 추
정된다. 찻사발에 새겨진 두루미의 이미지는 그리 낯설
지 않다. 두루미의 동선을 따라가면 학춤이 연상되리라.
내 고향의 자랑인 동래학춤은 흙 땅의 물질적 상상력이
자 농사일을 끝낸 사람들에게 휴식의 몽상을 안겨다 주

거나 하는 예(藝)의 선물이리라. 찻사발이 두루미를 꼭 품어주었다가 풀어주면, 이 두루미는 찻사발 바깥으로 사박사박 걸어 나와서 찻물의 곡선을 그린다. 참 곱디고운 상상력이다.

학춤은 바슐라르 사상의 관점에서 볼 때, 대지 그리고 휴식을 위한 몽상을 드러낸 예술 행위이다. 유목적 상상력이 아닌 농경적 상상력의 재현이다. 발을 내리 디디는 것은 서 있는 것, 걸어가는 것, 뿌리를 내리는 것이다. 이 모두가 흙 땅의 기운을 품는다는 것을 의미한다. 농경이 발달한 남부지방에서 지신밟기의 의례나, 오광대와 학춤과 강강술래 같은 답무가 성행한 것도 이 때문이다. 이와 같이, 답무가 흙 땅으로 향한다는 것은 모성성에의 복귀를 의미하는 것이 되기도 한다.

그물망처럼 얽혀 똬리를 튼 등짐, 벗어버리고
싶다 생각 한번 못하고 무게
느껴볼 겨를 없이 민달팽이처럼 걸었다

누르던 한 짐 한 짐 쌓일 때마다
가다 멈추고 가다 쉬어도, 굴곡진 길의 끝 멀기만 하다
뒷걸음질은 없다 앞만 보고 걸어야 한다

걷다 보면 어둑한 하늘이 맑아지는데 순간
등이 얇아지는 때가 있다 가벼움으로
황망히 서서 되돌아보는데 등짐이 저만큼 멀리

빠른 걸음으로 앞장서 걸어간다

빠른 보폭과 느린 보폭의 간격 점점 멀어지고
어느 사이, 등짐 위에 공처럼 구부린 내가 얹혀있다
—「등짐」 전문

시편 「등짐」은 우정연의 시 중에서도 보기 드물게 선미
(禪味)한 시다. 등짐을 지고 걷다 보면 내가 등짐에 얹혀
있다는 생각이 든다? 앞과 뒤를 화려하게 뒤집는 되치기
언어 기술이다. 시적 언어로서는 서양의 초현실주의 언
어도 쉽게 이를 수가 없는 미묘한 경지다.

여기에서 걷는다는 것의 의미는 바슐라르의 어록에 기
댈 수밖에 없다. 그의 저서 『대지 그리고 의지의 몽상』에
해당하는 소개된 한 국역본에 의하면, 나는 걷는다는 것
을 '몽상에서 깨어날 경우의 의지를 측정하고 분류하며
근육적 욕구나 현실에 작용하는 가벼운 기분'(『불의 정신
분석……』, 초판 : 1982, 301쪽, 참고) 정도로 이해하는 게
어떤가, 생각한다.

인용 시에서, 등짐이 여기에서 마치 뭔가 업보(業報)처
럼 느껴지는 것은 필자인 나만의 생각일까? 작중의 화자
인 나. 나는 걸었다. 나는 걸어야 한다. 나는 걸어간다.
내가 얹혀있다. 나를 얹게 한 길이 바로 길이다. 길은 이
처럼 길게 이어진다. 길이 끝나는 곳에, 다시 길이 시작
된다.

누워있는 돌부처는 고개를 추켜들지 않고도
하늘을 볼 수 있고 두 팔을 뻗어 곧장 별들을 안아
볼 수 있어서 좋다

바라만 보아도 하늘이 툭 내려와 안길 것 같고
하늘의 마음, 금세 보일 것만 같아 더욱 좋다

밤새, 별이 사는 동네로 올라가 별들과 소곤대던 돌부처
어스름 새벽녘이면 제자리로 내려와 누워있다

어느 날은 저 하늘 올라 별이 되기도 하고
어느 날은 두 눈 끔벅끔벅 졸고 있던 별들, 운주사로 마
실 와
돌부처 어깨 위에서 쉬기도 한다

운주사 와불은 동짓달 긴 긴 밤에도 심심할 틈이 없다
　　　　　　　　　　　　　　　　　　—「운주사 와불」 전문

　이 시는 시의 제목처럼 운주사 와불을 소재로 한 것이
다. 전설에 의하면, 이것은 신라의 고승이었던 도선이
세웠다고 하지만, 고고학적으로는 풍수지리가 성했던
고려 중기의 조각품이란 설이 유력하다. 와불이 일어나
야 새로운 세상이 열린다는 전설은 현세의 미완성을 의
미하지만, 부처가 누워있다는 행위는 새로운 세상이 열

리기까지의 민중적 휴식의 몽상을 상징하고 있다고 볼 수 있다.

시의 본문에서 내 눈길이 간 부분은 '하늘의 마음'이 다.

서정시는 자고로 '천지지심(天地之心)'이라고 했는데, 이 시에서 천지지심으로서의 시심이 느껴진다. 그러면 땅의 마음은 누워있는 부처의 마음이다. 이때 불심은 누운 채 땅의 힘을 북돋운다. 땅 위에 누워있는 돌부처와 밤하늘에 박혀있는 별들이 소통한다. 이 천지지심은 보들레르의 시적 개념으로 잘 알려진 교감, 즉 만물조응에 해당하기도 한다.

상처가 두터울수록 토굴은 깊어지고
드러난 것이 많을수록 숨기고 싶은 세상

숨어서, 허물 벗은 속살의 어여쁜 배암처럼 똬리 틀고 앉아
가을 햇볕이나 쬐고 싶다

사람들은 저마다 가슴 속에 토굴 하나씩 키우고 있다
―「토굴」부분

땅의 상상력이나 휴식의 몽상과 관련된 원형 상징의 대표적인 사례로는 집과 동굴과 어머니의 뱃속 등을 들 수가 있다. 우정연의 시에서 동굴이란 시어는 없지만 이

와 유사한 시어인 '토굴'이 나온다. 인용 시는 '토굴'을 제목으로 삼은 작품이다. 현대식 주택 구조에 비추어보자면, 동굴이 지하 공간이며, 토굴은 반(半)지하 공간이다. 영화 「기생충」에서 지상, 반지하, 지하가 신분제처럼 형성되어 있는 것을 우리가 보았지만, 여기에서는 내용이 좀 다르다. 뭐랄까? 원형 상징의 장소성이랄까?

어쨌든 사람들은 저마다 가슴 속에 토굴 하나씩 키우고 있다라는 시구는 감동의 울림이 비교적 큰 시 한 줄이다. 시인은 토굴, 토굴 하는 사람들의 속화된 욕망에 대해 아이러니적인 반응을 보이다가도, 끝내 되돌아가고 싶은 곳이야말로 귀의처가 아닌가 하고 말하고 있는 것 같다.

땅의 바깥과 속을 출몰하는 뱀이 그의 이번 시집 속에 적잖이 등장한다. 이 시의 '허물 벗은 속살의 어여쁜 배암'이나 「상강 아침」에서의 '주홍빛으로 물드는 그늘에 갈색 실뱀 한 마리' 등이 대표적인 보기라고 할 수 있다. 또 다른 시편인 「화사(花蛇), 화사(華死)」는 새끼 뱀이 시멘트 바닥에서 온몸을 배배 꼬다가 철도 모르고 기어 나와 얼어 죽은 과정을 묘사한 작품이다. 뱀은 미로를 헤매다 죽은 것이다. 시인은 이 죽음을 화려한 죽음이라고 했다. 일종의 역설적인 표현이다.

바슐라르는 대지의 상상력과 관련해 미궁의 상징성에 관해 흥미를 증폭시킨 바가 있었다. 이 미궁은 미로와 서로 통한다. 미궁이란, 열린 방과 우회로(혹은, 미로)가

조합된 건축학적 역설의 산물이기 때문이다. 미로나 미궁은 시련을 극복하는 과정으로서의 서사 원형이다. 이 시련을 극복하지 못하면 오롯이 죽음이 기다린다.

한편 뱀은 애초에 삶과 죽음의 모순 상징성을 지닌 동물이다. 스며들거나 적시거나 한다는 점에서 성적 이미지를 환기하지만, 반면에 악의 화신, 어둠의 힘이기도 하다. 미로를 극복하지 못한 철모른 뱀의 화사(華死)와 유사한 시적인 화소는 집 없는 길고양이의 궁기와 갈증이다. 길고양이는 시편 「길고양이 놀기 좋은 오후」에서 아파트 주차장에 앉아 나른해 하거나, 물 고인 시멘트 바닥에 몸을 구른다.

붉은 벽돌색 고무통에 진흙을 반쯤 채우고 연을 몇 뿌리 묻었다

나는 연의 집에 샘물 찰랑찰랑 부어놓고 날마다 주변을 서성거린다

줄기가 진흙 속에서 햇살을 먹고 하루 새끼손가락 한마디만큼 오른다

손바닥만 한 잎들, 위로 무성하니 얼마 후엔 고운 꽃 볼 수 있겠지

연을 심으면서 바닥에 그윽한 마음 함께 심어 놓았을까,

흙 속에서

　연들이 든 적도 난 적도 없는 향기를 머금어 통통하게
살을 채운다

　진흙을 뚫고 오르는 푸른 연잎도 세수했는지 말끔하다
— 「연을 심다」 전문

　시편 「연을 심다」는 연을 심고 키워가는 과정을 잘 보
여주고 있다. 화자는 고무통에다 진흙을 채우고 연뿌리
를 심었다. 여기에서 연의 뿌리는 전술한바 뱀의 이미지
와 등가의 상관물이 된다. 대문자 S는 진흙 속에 뿌리를
내리는 형상이야말로 뱀이 기어가는 형상처럼 살아 움
직이는 것 같다. 사람들의 인생살이도 뿌리처럼, 뱀처럼
얽히고, 설키고, 꼬이고, 칭칭 감긴다. 뱀과 뿌리는 지탱
하는 힘인 동시에, 찌르는 힘이기도 하다. 이런 점에서
도 엇비슷하다. 다만, 뱀의 이미지와 뿌리의 이미지가
유사하지만, 차이가 있다면 동물과 식물이 지닌 물성의
차이라고 할 수 있다.
　연의 줄기는 진흙 속에서 햇살을 먹고 한 마디씩 오른
다. 해바라기가 해의 움직임에 따라, 달맞이꽃이 달의
움직임에 따라 움직이듯이, 연의 줄기 역시 소위 '태양감
응(héliopathie)'에서 자유롭지 않다. 흙 속에 뿌리를 내
리는 만큼, 지상에서는 연꽃을 활짝 피워간다. 연꽃이

활짝 피는 것은 후술하겠지만 불(꽃)의 이미지로 전이된다. 연꽃의 고운 색은 불의 현현(顯現 : épiphanie)이며, 연꽃은 빛의 실재(본질)가 된다.

빗속에 텃밭의 상추가 운다
마침내 흐물흐물 녹아 몸을 낮춘다

팽팽하니 접혀있던 숨은 주름들 벌어지면서
고요한 중심으로 스며든다.

—「녹아내린다」부분

녹아내리는 것은 땅속으로 스며든다. 여기에 숨어있는 주름은 사람들의 숨결과 같은 것이다. 이 시의 마지막 행에 이르러 고요한 중심으로 스며드는 것이야말로 '흙 땅'의 위대한 모성성이다. 태양신이 하늘을 가로지르면서 드러나지만, 지모신은 땅속으로 스미어 숨는다. 물질의 중심이 이처럼 가치의 영역으로 들어서고 있다. 우정연의 시에서 스며듦의 몽상이 잘 드러난 경우는 띄어쓰기도 없이 쓴 다음의 시편「세상 속으로 스며들다」에 나오는 시구가 아닐까, 한다.

대지는기우뚱더디고느리게절름절름걸어간다구름은높디
높고바람도왔다간다세상은밥을먹고잠을자고또자지러지
게웃기도한다.

—「세상 속으로 스며들다」부분

결국 스며든다는 것은 휴식의 몽상이다. 전술한바 있지만 걸어간다는 것 역시 쉬는 것이다. 사람들은 휴식을 통해, 채워지지 않는 욕망, 결핍된 욕망을 몽상 속에서 행복하게 충족하는 것이다.

3

지금까지 나는 우정연 시인의 시들에 관해 이런저런 논의를 거듭해왔다. 그의 시에 보이기도 한 땅의 상상력은 불의 정신분석으로 전이되기도 한다. 시편 「누운주름꽃」에서는 흙 땅 위에 누운 꽃이 땅속에 묻혔다가 봄꽃으로 피어나는 순간을 보고, 시의 화자가 감정의 일체를 바라기도 했다. 이 순간이야말로 이른바 '시적 순간'이라고 말해질 수 있다. 다음의 시편은 상승과 하강, 초월과 내재를 동시에 보여준 시다.

나의 고향은 어둠의 통로, 보드라운 살점을 가진 나의 종교는
땅의 힘을 숭배하는 것

(……)

대지는 거룩하고 고귀한 터전, 행여 나에게서 어둠을 빼앗지 말아요

이래 봬도 나는 흙[土] 속의 용龍이니까요

흙에서 숨 쉬며 흙을 떠날 수 없는, 나에게도 꿈은 있어
요
　자나 깨나 승천昇天하고 싶은 나의 꿈, 들어볼래요
　　　　　　　　　　　　　　　　—「꿈틀꿈틀, 꿈을 틀다」 부분

　흙 땅속의 지렁이를 소재로 한 시가 아닌가, 한다. 꿈
틀꿈틀, 꿈을 틀다. 제목이 흥미롭다. 언어유희가 이 문
맥에서 문득 적절해 보인다. 지렁이는 스스로 흙 속의
용이라고 하고 있다. 용이라면, 승천한다. 나무가 수직
으로 직립하는 것처럼, 꽃이 활짝 피어오르는 것처럼,
나무에게도, 꽃에게도 초월의 욕망, 즉 꿈이 있다. 그래
서 지렁이에게는 용트림이라고 하지 말고, '꿈 트림'이라
고 해야 하는 것이다.

　추위와 어둠에도 입 다물며 건너와 응달진 구석구석
　밝게 비추려고 제 몸 활활 태우는 중이다.

　불일암 홍매는, 꽃만 붉은 것이 아니다.
　뼛속부터 불그스름하니 온몸 불사르는 중이다.

　그 온기로 산 아랫마을까지 훈훈하다.
　　　　　　　　　　　　　　　　—「소신공양」 부분

홍매화의 만개를 묘파한 시다. 홍매화가 아니라, 벚꽃이라고 해도 좋다. 시인은 이것을 소신공양으로 비유한다. 불 속에 스스로 몸을 태워 자신의 몸을 바치는 것. 불교에서는 가장 극단적인 죽음이다. 홍매화, 벚꽃 등의 모든 꽃은 마침내 지고 만다. 어떻게 생각하면, 이런 꽃들의 낙화는 불교적 죽음의 비극적 황홀처럼 느껴진다. 홀로 앉아서 자신의 몸에 불을 사르는 고승의 고행의 상처럼 말이다.

이 고행의 상에는 인간의 비애 및 고독마저 초월한다. 꽃의 피고 짐을 불꽃 속에서의 죽음으로 비유한 것을 보면, 낙화는 세상에 존재하는 모든 죽음 중에서도 가장 덜 고독한 죽음, 가장 덜 비애적인 죽음, 아니 무(無)로 회귀하는 우주적 죽음이라고 해도 좋을 것이다.

바슐라르는 자신의 저서 『불의 정신분석』에서 사람들에게 불이 모든 것을 정화할 수 있다는 믿음이 있다고 보았다. 주지하듯이 불은 빛을 뿜어낸다. 그에 의하면, 불빛이 하나의 상징인 동시에 순수성을 대리하는 물질이다. 이 물질적 상상력은 사람들을 생각의 심연으로 빠지게 한다. 불이 빛을 발할 때, 사람들은 난로의 불 가에 앉아 고독하게 사색에 잠긴다.